You are in the blue summer

You are
in the
blue summer
Nagisa Furuya

You are in the blue summer

SOMMARIO

SOTTO I RAGGI DI SOLE DI UN TRAMONTO DI INIZIO ESTATE...
...NEL CORTILE DELLA SCUOLA DOPO LE LEZIONI...
...SI PERCEPISCE UNA STRANA TENSIONE...
UN RAGAZZO E UNA RAGAZZA, SOLI...
QUELLA...
SÌ, È UNA DICHIARAZIONE D'AMORE...
È LA PRIMA VOLTA CHE NE VEDO UNA.
È COME...

...LA SCENA DI UN FILM.
QUEL TIPO... HA SUCCESSO CON LE RA-GAZZE...
SCUSA.
C'E' GIÀ UNA PERSONA CHE MI PIACE.

Capitolo 1

EHI...
2-C
TU E SAEKI ANDATE D'ACCORDO, VERO?
BE', PIU` O MENO...
L'ALTRO GIORNO UNA MIA AMICA GLI SI E` DICHIARATA...
AAAH...
...MA LUI L'HA RIFIUTATA DICENDO CHE C'E` GIA` UNA PERSONA CHE GLI PIACE.
AAAH...
E ALLORA?
TODA... SAI DI CHI SI TRATTA?
EH?!
E IO COSA VUOI CHE NE SAPPIA?!
CHIEDIGLIELO TU!
VUSH
A QUANTO PARE, SAEKI HA RIFIUTATO CON QUESTA SCUSA TUTTE LE RAGAZZE CHE GLI SI SONO DICHIARATE.
FORSE E` UNA RISPOSTA STANDARD PER EVITARE SCOCCIATURE?

PERÒ... A ME NON DÀ QUELLA SENSAZIONE...
E POI, NON MI PARE CHE AL MOMENTO CI SIANO RAGAZZE CON CUI È PARTICOLARMENTE IN CONFIDENZA...
COME FAI A ESSERE COSÌ INFORMATA?
MI HA DETTO TUTTO UNA MIA AMICA.
DOPO AVERLE PARLATO, MI SONO SEMPRE PIÙ INCURIOSITA.
UNA MIA EX COMPAGNA DELLE MEDIE...
...MI HA DETTO CHE, DURANTE I TRE ANNI DI SCUOLA, SAEKI NON HA MAI RIFIUTATO DI USCIRE CON NESSUNA ED È STATO CON PARECCHIE RAGAZZE.
INVECE ADESSO LE CACCIA VIA TUTTE, NO?
NON SARESTI CURIOSO ANCHE TU...
...DI SAPERE CHI È LA PERSONA CHE PIACE A UNO DEI RAGAZZI PIÙ FIGHI DELLA SCUOLA?
...
ORA CHE CI PENSO...
NON ABBIAMO MAI PARLATO...
...DI CERTE COSE.
WATARU.

MI ERO DIMENTICATO DI CHIEDERTI UNA COSA.
OGGI CI ANDIAMO, VERO?
SÌ!
CERTO!
ALLORA PASSO DOPO LE LEZIONI.
OK!
...
QUANT'È BELLO...
AAAH...
COMUNQUE, PENSAVO A UNA COSA DA UN PO'...
ANCHE SE NON È IL MIO TIPO...
DI CHE PARLI?

TROVO MOLTO STRANO CHE TU E SAEKI SIATE COSÌ TANTO AMICI...
CIOÈ, NON SIETE NELLA STESSA CLASSE...
...E AVETE UN CARATTERE TOTALMENTE DIVERSO.
ANZI, SEMBRATE DUE PERSONE AGLI ANTIPODI.
のしっ
URGH
CHE NE DIRESTI DI CHIUDERE IL BECCO?
NON PARAGONARMI A QUEL BELLOCCIO!
BE'...
POTREMMO DIRE CHE SIAMO DUE AMICI CHE CONDIVIDONO LA STESSA PASSIONE...
E QUALE SAREBBE?
NON TE LO DIRÒ MAI.
CHE SCEMO!
FU ALL'INIZIO DELL'ESTATE DI UN ANNO FA...
...CHE GLI PARLAI PER LA PRIMA VOLTA...

UH...
UHM...
VIAGGI ALL'ESTERO
NEW RELEASE
NON SO CHE FARE... È DA PARECCHIO CHE VORREI COMPRARLO...
...MA LO RITENGO SEMPRE UN PO' TROPPO CARO...
PERÒ... VISTO CHE HO AVUTO DELLE ENTRATE EXTRA...
...LO PRENDERÒ!
MEGLIO ANDARE SUBITO A PAGARLO PRIMA DI FARSI ASSALIRE DAI SENSI DI COLPA...
TAP
WAH!
THUD
AH!
TI CHIEDO SCUSA! STAVO CAMMINANDO SENZA GUARDARE E...
NO...
È COLPA MIA.
THUNK

ECCO.
GRAZIE.
EH...?
QUESTO QUA... IO LO CONOSCO.
SE NON SBAGLIO...
AVRÒ SENTITO QUESTA FRASE MILIONI DI VOLTE...
...È SAEKI, IL BELLOCCIO DELLA SCUOLA.
TI PIACCIONO I FILM?
QUESTO È BELLO.
MI È PIACIUTO PARECCHIO.
EH?
E QUEL PORTACHIAVI CHE HAI ATTACCATO ALLA BORSA...
È JET DI BLACK FLASH, GIUSTO?
EH?

CONOSCI BLACK FLASH?!
EW RELEASE
SÌ.
L'HO VISTO IN TEMPO REALE, QUANDO È ANDATO IN ONDA.
WOW!
NON AVEVO MAI INCONTRATO QUALCUNO CHE L'AVESSE VISTO PRIMA D'ORA!
INCREDIBILE!
BE', IN GIAPPONE NON HA AVUTO TANTO SUCCESSO...
...MA IO LO TROVO PARECCHIO DIVERTENTE.
COMUNQUE...
ANCHE A TE PIACCIONO I FILM?
SÌ.
NON HO MOLTI AMICI CHE NE GUARDANO...
...
AH...
SENTI...
SE HAI TEMPO, TI VA DI FARE DUE CHIACCHIERE DA UN'ALTRA PARTE?
COSÌ NON RIMANIAMO A PARLARE DENTRO AL NEGOZIO...
AH.
SÌ.
PAZZESCO...
MI SEMBRA D'ESSERE STATO RIMORCHIATO...
È PROPRIO UN BELLOCCIO!
ECCO...
...COM'È ANDATO IL MIO INCONTRO CON CHIHARU SAEKI.

AMAVAMO ENTRAMBI I FILM...
JET È IL MIO PREFERITO!
GIÀ, TI CAPISCO!
È IL TIPICO PERSONAGGIO CHE PIACE A NOI MASCHIETTI!
E POI IL SUO STEMMA!
QUANDO SI TRASFORMA È VERAMENTE BELLO!
...E DA QUEL GIORNO DIVENTAMMO SUBITO AMICI.
DA LÌ...
...SIAMO ARRIVATI A DOVE SIAMO ADESSO.
PERÒ...
...SE NON FOSSE STATO PER QUEL GIORNO...
...IO E LUI ORA SAREMMO DUE PERFETTI SCONOSCIUTI.
È BELLO, INTELLIGENTE E POI HA ANCHE L'ALTEZZA DALLA SUA PARTE.
È UN RAGAZZO CALMO, MA SA QUANDO DIVERTIRSI.
LA SUA POPOLARITÀ TRA LE RAGAZZE...
...LO FA SPICCARE TRA TUTTI QUELLI DEL SUO ANNO.

"TROVO MOLTO STRANO CHE TU E SAEKI SIATE COSÌ TANTO AMICI..."
...
BE'...
TUTTI PENSANO CHE SIA IO AD ANDARGLI DIETRO COME UN CAGNOLINO...
...MA IN REALTÀ...
...È IL CONTRARIO.
È LUI CHE MI INVITA E MI RIVOLGE LA PAROLA.
NONOSTANTE MI DIA L'IMPRESSIONE DI AVERE MOLTI AMICI...
...IN TUTTA ONESTÀ...
...MI CHIEDO PERCHÉ SE NE STA SEMPRE INSIEME A ME.
TALVOLTA MI VIENE DA PENSARE CHE SIA MOLTO STRANO.

COMUNQUE...
...INSIEME A SAEKI MI DIVERTO...
STO BENE CON LUI.
PER QUANTO MI RIGUARDA, NON HO NESSUN PROBLEMA A FREQUENTARLO...
Annuncio
Dettagli
MENO MALE CHE AVEVA DETTO SUBITO!
QUANTO VUOLE FARMI ASPETTARE?!
INTANTO VAI GIU'!
IO ARRIVO SUBITO!
ALTRO CHE SUBITO!
HO PURE FINITO DI VEDERE QUESTO VIDEO!
TAP
WATARU.

SCUSA L'ATTESA.
TI HO ASPETTATO UN SACCO!
CHE STAVI FACENDO?
MI DISPIACE.
MI HANNO CHIAMATO IN SALA INSEGNANTI E CI È VOLUTO PIÙ DEL PREVISTO.
CHE HAI COMBINATO?
NIENTE! DOVEVO SOLO FARE UNA COSA...
NON FARE QUELLA FACCIA DIVERTITA!
DAI, ANDIAMO.
DICI CHE CE LA FACCIAMO PER LO SPETTACOLO DELLE DICIASSETTE?
FORSE GIUSTO IN TEMPO!
SE NON RIESCI A VEDERE ANCHE TUTTE LE ANTICIPAZIONI, NON SEI CONTENTO, EH, WATARU?
CERTO! SAREBBE UNO SPRECO, NO?!
UNA VOLTA SCESI DAL TRENO DOVREMO CORRERE!
EH?!
E COSÌ...
...DUE O TRE VOLTE AL MESE ANDIAMO AL CINEMA...
...SCEGLIENDO A TURNO IL FILM DA VEDERE.

COL TEMPO...
...È DIVENTATA UNA SPECIE DI ROUTINE...
AH!
È STATO MOLTO DIVER-TENTE!
OGGI HAI SCELTO BENE!
HAI RISO TROPPO, WATARU!
LA POLTRONA HA TREMATO PER TUTTO IL TEMPO!
DAI, NON ERA POSSIBILE TRATTENERSI IN QUELLA SCENA!
ASPETTA! HO RISO DOVE NON AVREI DO-VUTO?!
L'HAI CAPITO SOLO ORA?
IO PENSO DI VOLERLO RIVEDERE.
OK.
CHE NE DICI SE LA PROSSI-MA VOLTA CI CONCE-DIAMO IL BIS?
EH?! DAVVERO?! SEI SICU-RO?!
EVVIVA!

RENA KUNIMI È CARINA, EH?
NON È PER QUESTO CHE HO VOLUTO VEDERLO!
DICI?
BE', FORSE SOLO UN PO'...
...MA NON DIRLO PIÙ, MI METTI IN IMBARAZZO!
A PARTE QUESTO, L'HO TROVATA INCREDIBILE NEL SUO PRIMO RUOLO DA PROTAGONISTA.
ANCHE I DIALOGHI ERANO PERFETTI...
AH, E POI LA DICHIARAZIONE D'AMORE MI HA FATTO RIDERE!
LO SO CHE SEMBRA ASSURDO...
SECONDO ME UNA DICHIARAZIONE D'AMORE DOVREBBE ESSERE PIÙ, ECCO...
AH.
LÌ NON TI SEI REGOLATO!
CHE TEMPISMO PERFETTO!
WATARU?

"A QUANTO PARE, SAEKI HA RIFIUTATO CON QUESTA SCUSA TUTTE LE RAGAZZE CHE GLI SI SONO DICHIARATE."
"NON ABBIAMO..."
"...MAI PARLATO..."
"...DI CERTE COSE."
PERCHE` NON PROVARE...
...A CHIEDERGLIELO?
IO...
L'ALTRO GIORNO, PER CASO, TI HO VISTO MENTRE UNA RAGAZZA TI FACEVA UNA DICHIARAZIONE.
EH?!
SAEKI...
AH... QUINDI HAI VISTO TUTTO...

E` VERO CHE C'E` UNA PERSONA CHE TI PIACE?
...
VUOI SAPERLO?
NO...
CIOE, PIU` CHE VOLERLO SAPERE...
E` CHE NONOSTANTE TU SIA MOLTO POPOLARE, NON STAI CON NESSUNA...
QUINDI MI CHIEDEVO SOLTANTO SE CI FOSSE QUALCUNO CHE TI PIACE...
...MA SE NON NE VUOI PARLARE, NON C'E` PROBLEMA!
VHAM
GUARDA CHE POSSO ANCHE DIRTELO.

EH?
E` LA PERSONA CHE HO DAVANTI AGLI OCCHI PROPRIO ORA.

PERCHÈ MI GUARDI COSÌ...?
QUELLA... È LA BATTUTA DEL FILM.
DAI, NON SCHERZARE.
TE L'HO CHIESTO SERIAMENTE.
SÌ, E IO TI HO RISPOSTO SERIAMENTE.
TI HO DETTO CHE È LA PERSONA CHE HO DAVANTI AGLI OCCHI.
EH?
QUI CI SONO SOLO IO!
NO...
BE'...
PFFFT!
AH AH AH!
È ESATTAMENTE COME NEL FILM!
SÌ, DEVO DIRE CHE MI PIACI PROPRIO!
EH?
CHE?!
TI STO DICENDO...

...CHE LA PERSONA CHE MI PIACE...
...E` QUI DAVANTI AI MIEI OCCHI.
SEI TU, WATARU.
...
IO...?

10?
COSÌ...
...SEMBRA CHE TE L'ABBIA DETTO SOLO PERCHÈ ME L'HAI CHIE-STO...
...PERÒ, IN REALTÀ, ERA MIA INTEN-ZIONE PAR-LARTENE.
ALLORA...
"PERÒ... A ME NON DÀ QUELLA SENSAZIONE!"
BE'...
CREDO TU SIA SORPRESO...
...MA...
"SAEKI HA RIFIUTATO CON QUESTA SCUSA TUTTE LE RAGAZZE CHE GLI SI SONO DICHIARATE!"
...SIGNI-FICA CHE...
"LUI HA GIÀ UNA PERSONA CHE GLI PIACE..."

TUTTO QUESTO...
WATARU?
EHI...
WATARU.
CI SEI...
WATARU?

...
WAH!
AH!
SCUSA!
ZASH
COM'È VICINO!
NO...
ECCO...
AH!
NON...
NON SO COME DIRTELO, MA...
EHM...
QUELLO...
A TE...
...PIACCIONO I RAGAZZI?
PFFFT
NO, CIOÈ, VOLEVO DIRE...

NON SAPREI...
POTREI TRANQUILLAMENTE FREQUENTARE UNA RAGAZZA, MA...
...LA PERSONA CHE MI PIACE SEI TU...
...
E PERCHÈ...
...PROPRIO IO?
CHISSÀ...
FORSE PERCHÈ È COSÌ...
...CHE DOVEVA ANDARE.

QUINDI E` COSÌ...
...
CAPISCO...
COSA SI DOVREBBE DIRE...
...IN UNA SITUAZIONE DEL GENERE?
GRAZIE.
EH?
E DI COSA?
SEI STATO AD ASCOLTARMI SENZA PROVARE DISGUSTO NEI MIEI CONFRONTI O PRENDERMI IN GIRO.
QUESTO E` CIO` CHE MI PIACE DI TE.

ME...
ME L'HA DETTO DRITTO...
...IN FACCIA...
I BELLOCCI COME LUI METTONO VERAMENTE I BRIVIDI...
ALLORA...
TORNIAMO A CASA, DAI.
TAP
EH?
CE NE ANDIAMO COSÌ?
GIÀ.
NON DOVREI ESSERE IO A DIRLO, MA TI VA BENE COSÌ?
SÌ, TRANQUILLO.
VA BENE COSÌ.
NON DEVI PREOCCUPARTI, WATARU.
E NON RIMUGINARCI TROPPO.

NON È NECESSARIO CHE TU ACCETTI I MIEI SENTIMENTI.
E NON VOGLIO NEMMENO PIACERTI PER FORZA.
MI BASTA SOLO CHE TU SAPPIA...
...CIÒ CHE PROVO.
CHE...?
IN CAMBIO, PERÒ...
...VORREI CHIEDERTI...

...SOLTANTO UN FAVORE.
POSSO?
SI È DICHIARATO...
...CON TANTA FACILITÀ...
EPPURE, LA SUA ESPRESSIONE...
...MI È SEMBRATA INSOLITAMENTE SERIA...

VA BENE.
SENZA NEMMENO PENSARCI...
...QUELLA FU LA MIA RISPOSTA.

BUON-GIORNO!
CIAO!
HAI VI-STO QUEL FILM IERI SERA?
Capitolo 2
...
PAT

Capitolo 2

EHILÀ.
BUON...
...GIORNO.
...
?
CHE HAI?
NIENTE...
MI HAI SALUTATO NORMAL-MENTE E QUINDI...
EH?
CERTO, TI HO VI-STO E...
GIÀ...
PER QUE-STO...

...SONO FELICE.
...
EHI, DACCI UN TA-GLIO!
COSÌ MI METTI IN IMBA-RAZZO!
SCUSA...
LASCIA PERDERE.
INVECE NO!
QUESTO QUA MI HA DETTO CHE GLI PIAC-CIO...
AH...
A PROPO-SITO...
RIGUARDO LA STORIA DI IERI, VA DAVVE-RO BENE COSÌ?
CERTO.
UN UOMO NON SI RI-MANGIA MAI LA PAROLA DATA.
AH AH!
PROPRIO COSÌ...
SÌ, IO GLI PIACCIO...

HA POSTO SOLO UNA CONDIZIONE.

* COMPAGNO PIÙ ANZIANO, A SCUOLA O SUL LAVORO.
** SNACK GIAPPONESI.

NON SAREBBE MEGLIO CHE TU CHIEDESSI A SAEKI INVECE CHE A ME?
COMUNQUE, WATARU...
STING
STING
NO, SAEKI HA UN SACCO DA FARE IN QUESTI GIORNI...
PERCHÈ MI SEMBRA UNA FRECCIATINA?
NON CE L'AVRAI CON SAEKI PERCHÈ HA FATTO MEGLIO DI TE AGLI ESAMI DI METÀ TRIMESTRE?
METÀ TRIMESTRE
2° posto Saeki
3° posto Sekiguchi
AH...
IMPEGNATO, EH?
QUESTO SIGNIFICA CHE NON AVRÀ TEMPO DI STUDIARE?
E QUINDI...
DICE CHE GLI BASTA SEGUIRE LE LEZIONI.
PERÒ QUELLO LÌ NON STUDIA MAI PER GLI ESAMI.
WATARU...
DACCI UN TAGLIO.
COMUNQUE...
LA PROF MORI AMA INSERIRE DOMANDE TRABOCCHETTO...
...PERCIÒ CREDO CHE PRENDERÀ SPUNTO DA QUI.
QUINDI È COSÌ CHE SCEGLI COSA STUDIARE?
OOOH!
OGNI INSEGNANTE SCEGLIE IN MANIERA DIVERSA...
...STAVOLTA È MEGLIO CONCENTRARSI SU QUESTI PUNTI...
TUTUM
OGGI, SAEKI...
SAI...

E` VENUTO IN CLASSE A RIPORTARMI IL MIO LIBRETTO DELLO STUDENTE!
EH? DICI SUL SERIO?
NON CI POSSO CREDERE!
ANCH'IO ERO QUASI INCREDULA E INFATTI QUANDO L'HO VISTO, IL CUORE HA INIZIATO A BATTERE ALL'IMPAZZATA!
AH AH AH!
ANCHE A ME AVREBBE FATTO LO STESSO EFFETTO!
PECCATO NON SIAMO IN CLASSE INSIEME!
MAGARI AVREI AVUTO UNA POSSIBILITÀ!
STARÀ DI SICURO CON QUALCUNA, NO?
SÌ! E DI CERTO SARÀ PURE CARINA!
AH, QUANTO LA INVIDIO!
...
ACCIDENTI A LUI...
HA SOLO RICONSEGNATO UN LIBRETTO DELLO STUDENTE E GUARDA QUANTO FERVORE...
CHE BELLO ESSERE POPOLARI, EH...?
UHM?
CHE STAI FACENDO, WATARU?
NIENTE...
SI STA INSPIEGABILMENTE NASCONDENDO
...

NON È CARINA...
E NEMMENO UNA RAGAZZA...
NON RIESCO A NON PENSARE...
...AL PERCHÈ DEVO ESSERE PROPRIO IO...
SE NON GLI PIACESSI...
...SONO SICURO CHE POTREBBE USCIRE CON CHIUNQUE.
"...LA PERSONA CHE MI PIACE SEI TU..."
PERÒ...
...QUANDO CI S'INNAMORA DI QUALCUNO...
...NON È COSÌ CHE FUNZIONA.
NON CI VOLEVA PROPRIO...
AAAH
EHI.
GUARDA CHE ANCORA NON ABBIAMO NEMMENO COMINCIATO.
MI PREOCCUPI...

TUTTO GRAZIE A ME!
CE L'HO FATTA ANCH'IO!
FRIIIN
FRIIIN
CI SI VEDE!
ANDIAMO IN PISCINA!
ALLORA, LA SETTIMANA PROSSIMA...
AH, CHE BELLO, FINALMENTE INIZIANO LE VACANZE ESTIVE!
EHI, MENTRE TORNIAMO A CASA...

WATARU.
AH...
TE NE VAI?
SÌ.
ALLORA, CI VEDIAMO FRA TRE GIORNI, ALLE OTTO, DAVANTI AI TORNELLI DELLA STAZIONE.
VA BENE.
NON TARDARE.
TRANQUILLO.
ANZI, RISCHIO DI NON CHIUDERE OCCHIO PER L'EMOZIONE.

UN "PELLEGRINAGGIO"?
CIOÈ...
...VORRESTI ANDARE A VEDERE LE LOCATION DEL FILM?
GIÀ.
TRA NON MOLTO SAREMO IN VACANZA.
POTREMMO FARE UNA GITA, NO?
QUINDI È QUESTO IL FAVORE DI CUI PARLAVI?
GIÀ...
VOGLIO ASSOLUTAMENTE...
...ANDARCI CON TE.

EHI!
SAEKI!
'GIORNO!
BENE, ANDIAMO!
QUANTO CI VUOLE DA QUI?
VEDIAMO... DOBBIAMO CAMBIARE UN PAIO DI TRENI LOCALI E QUINDI ALL'INCIRCA DUE ORE E MEZZA.
BWAH!
UN BEL VIAGGETTO!
CHE NE DICI?

È LA PRIMA VOLTA CHE SENTO I NOMI DI QUESTE STAZIONI!
D'ALTRA PARTE, NON VENGO MAI DA QUESTE PARTI.
TAKLAN
PROSSIMA FERMATA ■●◆
AH!
SCUSATE, LA PROSSIMA È ■●●◆
PFFFT!
SI È IMPAPPINATO!
HA LANCIATO UN'ESCLAMAZIONE SOTTOVOCE!
TAKLAN
SEMBRA DIVERTENTE!
SARÀ UN BEL RICORDO DI QUESTA ESTATE!
TAKLAN
OOOH!
GUARDA QUANTO VERDE!
SEMBRA DAVVERO UNA GITA FUORI PORTA IN PIENA REGOLA!
CHE EMOZIONE!
TAKLAN

AVER SCELTO QUEL FILM È PROPRIO DA TE.
DICI?
TAKLAN
MI DAI L'IMPRESSIONE DI ESSERE UNA SPECIE DI INTELLETTUALE.
E POI, NON CI SONO TANTE PERSONE CHE SI METTEREBBERO A FARE UN TOUR DELLE LOCATION DI UN FILM.
PER ME...
...QUEL FILM È SPECIALE.
TAKLAN
TAKLAN
TAKLAN
SUL MARE SPLENDE IL SOLE...
IL CAPOLAVORO DIRETTO DA OSAMU ZAIZEN, NONCHÉ FILM VINCITORE DI MOLTI PREMI.
È LA STORIA DI UN EX DETENUTO CHE DECIDE DI TORNARE SUL PROPRIO PASSATO CHE FINO A QUEL MOMENTO AVEVA IGNORATO.

IL PROTAGONISTA INTRAPRENDE UN VIAGGIO ALLA RICERCA DEI GENITORI CHE LO HANNO ABBANDONATO.
TORMENTATO DAI RIMPIANTI...
...E SCOSSO DAI PROPRI ERRORI...
...VIENE SALVATO DALLE PERSONE CHE INCONTRA SULLA SUA STRADA...
...AVVICINANDOSI SEMPRE DI PIÙ AL PROPRIO PASSATO.
E QUANDO ARRIVA IN UNA CERTA CITTÀ PORTUALE...
...SCOPRE TUTTA LA VERITÀ.
I GENITORI CHE AVEVA SEMPRE ODIATO ERANO MORTI...
...TUTTAVIA...
...SUO PADRE E SUA MADRE AVEVANO VISSUTO FINO ALLA FINE CON IL RIMORSO PER ESSERSI ALLONTANATI DA LUI.
L'UOMO CAPISCE COSÌ DI ESSERE STATO AMATO...
...E REALIZZA...
...CHE, ANCHE SE PER POCO, NELLA SUA VITA C'ERANO STATI GIORNI FELICI.
ALLA FINE...
...L'UOMO SCOPPIA IN UN PIANTO LIBERATORIO... IL PRIMO DA QUANDO ERA NATO.

OH!
CONOSCO QUESTO POSTO!
È PROPRIO COME NEL FILM!
BE'... È UNA DELLE LOCATION.
CERTO CHE È UGUALE!
しもだいのざわ
下台野沢
SHIMODAINOZAWA
しもだいきた
ときがわ
ADESSO È UNA SORTA DI STAZIONE FANTASMA, MA A VOLTE LA USANO PER GIRARE QUALCHE PUBBLICITÀ.
PER QUESTO MOTIVO PENSAVO CI SAREBBE STATA ANCHE ALTRA GENTE, MA INVECE SIAMO SOLI.
COME I TIPI FISSATI CHE FOTOGRAFANO I TRENI...
A QUANTO PARE QUESTO POSTO È TUTTO PER NOI.
CHE FORTUNA!
AH!
GUARDA, C'È SCRITTO DEL FILM.
OH...
AH, NON PENSAVO CI AVESSERO GIRATO ANCHE QUESTO...
CLICK
NON C'È NESSUNO!
DAI, VOGLIO SCATTARE UNA MONTAGNA DI FOTO!
CLICK
WATARU.
MMH?
QUESTE FOTO SONO STUPENDE!
CLICK
CLICK
CLICK
AH! EHI!
MI HAI FATTO UNA FOTO?!

QUESTA E` BELLA!
EHI, PERCHE` NON RIFACCIAMO QUELLA SCENA?
BATTUTA DEL FILM
"DA DOVE VIENI?"
BWAH AH AH!
GLI SOMIGLI UN SACCO!
SEI BRAVO A FARE LE IMITAZIONI!
ANDIAMO A DARE UN'OCCHIATA FUORI DALLA STAZIONE.
CHE PACE...
FRIIIN
FRIIIN
FA CALDISSIMO...
...EPPURE L'ARIA E` GRADEVOLE!
FRIIIN
FRIIIN

FRIIIN
FRIIIN
FRIN
WOW...
GUARDA... IL FIUME SEMBRA UNO SPECCHIO.
L'ACQUA E` LIMPIDISSIMA...
EHI...
PERCHE` NON CI ENTRIAMO?
EH?
DENTRO, DICI?
HA LO SGUARDO DA RAGAZZINO MONELLO...

QUANT'È FRESCA!
SPLASH
SI STA PROPRIO BENE!
È LA PRIMA VOLTA CHE FACCIO UNA COSA DEL GENERE.
EH? DICI SUL SERIO?
DA BAMBINO NON HAI MAI FATTO QUESTE COSE?
UHM...
DIREI DI NO...
CAPISCO...
IN EFFETTI, TI SI ADDICE DI PIÙ LEG-GERE LIBRI.
HAI RA-GIONE...
...MA NON HO PROPRIO MAI POTUTO FARE CERTE COSE.
DAVVE-RO?
A CASA NON ME LO PERMET-TEVANO.
UHM...
IO, INVE-CE, STAVO SEMPRE FUORI.
HAI PRESENTE IL PARCO HIGASHI-MURA?
LÌ CI ANDAVO SPESSO!
SAEKI...
EH?

TI STAI DIVERTENDO?
SÌ.
MI STO DIVERTENDO MOLTO.
FRIIIN
FRIIIN
EH EH!
PERÒ, A QUANTO PARE, TRA NOI SONO IO QUELLO CHE SI DIVERTE DI...
...PIÙ?!
SPLASH
SLIP
WAH!
EHI!
È PERICOLOSO!
SPLOSH

SAPEVO CHE L'AVRESTI FATTO!
STA' PIU' ATTENTO.
NON MI ERO ACCORTO DEL DISLIVELLO.
GRAZIE.
MI HAI...
...SALVATO...
...
...

WATARU.
NON ESSERE NERVOSO.
OPPURE LO DIVENTERO' ANCH'IO.
E TU NON CHIEDERMI L'IMPOSSIBILE...
SE FOSSE ACCADUTO UN PO' DI TEMPO FA...
...NON AVREI PENSATO A NIENTE.
AH.
RIESCO AD ALZARMI, TRANQUILLO.
GRAZIE.
...
OK...
GRAB

SAE...
SENTI...
TI DISPIACE SE RIMANIAMO COSÌ...
...ANCORA UN ATT...
PLIC
MMH?
PLIC
SHAAA
SHAAA
COSA?!
NON DOVEVA PIOVERE!
DAI!
TORNIAMO ALLA STAZIONE!

DANNAZIONE, SIAMO BAGNATI FRADICI.
FROSH
FROSH
UN ACQUAZZONE IMPROVVISO?
NO...
È SOLO UNA PIOGGIA SERALE.
DICI?
SE FOSSIMO CADUTI NEL FIUME, IL RISULTATO SAREBBE STATO LO STESSO.
IN EFFETTI!
COMUNQUE, TUTTO QUESTO NON TI DÀ L'IDEA DI ESTATE?
A ME PIACE, L'ESTATE.
ANCHE PER ME È SPECIALE.
E PERCHÉ?
PERCHÉ È LA STAGIONE IN CUI TI HO INCONTRATO.
SPUT
TU...

POTRESTI SMETTERLA...
...DI DIRE COSE...
...COSÌ IMBARAZZANTI?
NON SO...
...COME REAGIRE.
ANCHE PRIMA...
PUOI ANCHE IGNORARE QUELLO CHE DICO.
E PENSI CHE SIA FACILE?!
STO DICENDO SOLO LA VERITÀ.
TU SARAI ABITUATO A CERTE COSE, SAEKI...
...MA IO NON HO MOLTA ESPERIENZA IN AMORE...
COMUNQUE, LASCIAMO PERDERE QUESTI DISCORSI PERCHÈ POI MI INTRISTISCO!

SE PUÒ FARTI SENTIRE MEGLIO...
...SAPPI CHE TU SEI LA PRIMA PERSONA ALLA QUALE MI SONO DICHIARATO.
SUL SERIO...?
SÌ.
BE', FINORA NE HO SEMPRE RICEVUTE.
OOOH...
ECCOLO CHE SI DÀ DELLE ARIE CON MOLTA DISINVOLTURA...
COMUNQUE, SEI VERAMENTE INCREDIBILE...
IO NON AVREI MAI IL CORAGGIO DI DICHIARARMI...
MI PARALIZZEREI DALLA TENSIONE...
SLIP
PIÙ CHE CORAGGIO...
...DIREI CHE LA MIA...
...È DETERMINAZIONE.

...
AH, CERTO...
ザ
SHAAA
DETERMINAZIONE...
...EH?
BE'...
SICURAMENTE È UNA BELLA SCOCCIATURA SENTIRSI DIRE "MI PIACI" DA UN RAGAZZO...
E ANCHE SE NON HAI PREGIUDIZI...
...TI CAPIREI SE PENSASSI CHE TI FA SCHIFO.
...

NON LO PENSO AFFATTO.
EH?
NON PENSO CHE SIA UNA SCOCCIATURA, NÈ CHE MI FACCIA SCHIFO.
BE'...
CREDO SIA LA COSA PIÙ SORPRENDENTE CHE MI SIA CAPITATA IN TUTTA LA MIA VITA.
NON C'ENTRA CHE SI TRATTI DI UN RAGAZZO O DI UNA RAGAZZA...
...SENTIRSI DIRE CERTE COSE DA UNA PERSONA COME TE...
...MI FA PENSARE CHE NON SONO DA BUTTARE.
PERCIÒ TRANQUILLO.
SE MI DARÀ FASTIDIO, TE LO DIRÒ.

ERA DA UN PO' CHE NON SENTIVO DIRE...
...QUELLE PAROLE.
EH? DICI?
NON MI DAVA FASTIDIO...
WATARU.
SÌ?
...PERCHÉ SI TRATTAVA DI LUI.

MI PIACI.
L'HO CAPITO.
QUESTO E` CIO` CHE PENSAVO...
...MA FACEVO ANCORA FINTA DI NON ES-SERMENE ACCORTO.

Capitolo 3

EROE?
SÌ.
QUAL È IL TUO PREFERITO?
PER TE, WATARU?
UN EROE, EH...?
JET, OVVIO.
CI STAI METTENDO UN SACCO DI TEMPO A RISPONDERE.
È COSÌ DIFFICILE?
UHM...
LO SAPEVO...
VEDIAMO...

SEGRETO!
EH? NON È GIUSTO!
È IN UN FILM CHE NON HO MAI VISTO?
COSÌ MI VIENE ANCORA PIÙ VOGLIA DI SAPERLO!
...
AH.
COMINCIANO LE ANTICIPAZIONI.
GNIK
HA CAMBIATO DISCORSO...
MALEDIZIONE.
...
MMH?

EHI!
CHE HAI DA RIDERE?!
(A VOCE BASSA)
NO...
NIENTE...
È UN PROBLEMA MIO...
NO, STAVO SOLO PENSANDO CHE...
COSÌ NON FAI ALTRO CHE INCURIOSIRMI!
NON RIESCO A CONCENTRARMI!
...SEI MOLTO CARINO QUANDO TI ARRABBI.
AHIA!
THUMP
CONCENTRATI!
GUARDA LO SCHERMO!
SCUSA.
OK.

GUARDA COM'È FELICE...
COME POSSO CONCENTRARMI COSÌ...?!
MMH...
NON È STATO UN GRANCHÉ, EH?

* COTOLETTA DI MAIALE POSTA SU UNA CIOTOLA DI RISO.

QUANDO CI ANDIAMO?
VEDIAMO... PER UN PO' DOVRÒ CONTINUARE A LAVORARE PART TIME... CHE NE DICI INTORNO AL DIECI?
AH, IL LAVORETTO DA TUO ZIO, EH?
ESATTO! GLI DO UNA MANO AL LOCALE SOLTANTO DURANTE LE VACANZE.
OK, ALLORA ANDATA PER IL DIECI.
...
MMH?
COS'È QUESTO SCARSO ENTUSIASMO?
AH...
FORSE NON TI VA BENE QUEL GIORNO?
IL DIECI...
NO, NESSUN PROBLEMA...
ANCH'IO HO DA FARE GLI ALTRI GIORNI...
STAVO SOLO PENSANDO CHE FINO AL DIECI NON POTRÒ VEDERTI...
E...
QUINDI...

EH?! È TRA POCO!
E POI IL SEI CI VEDIAMO ANCHE A SCUOLA!
AH AH!
GIÀ.
BE', HAI RAGIONE...
...MA PER ME È UN'ETERNITÀ.
AH... CAPISCO...
WATARU... QUANDO SEI IN IMBARAZZO DIVENTI DI CATTIVO UMORE, LO SAI?
GUARDA CHE NON SONO DI CATTIVO UMORE!
E NEMMENO IMBARAZZATO!
HO UNA FAME DA LUPI!
ANDIAMO A MANGIARE!
OK!
CHE MANGIAMO?
E COSÌ, TRA UNA COSA E L'ALTRA...

...CONTINUAVAMO AD ANDARE COME SEMPRE AL CINEMA, IN GIRO E A MANGIARE FUORI...
NON C'ERA STATO NESSUN CAMBIAMENTO PARTICOLARE TRA NOI...
TUTTAVIA...
CIOÈ...
ECCO...
DICIAMO CHE...
...ERA UNA SITUAZIONE UN PO' IMBARAZZANTE?
EHI, WATARU!
TUTTO BENE?
MMH...
MI SENTO UN PO'... AGITATO...
EHI, MA CHE DICI?!
WATARU, RAZZA DI MAIALE PERVERTITO!
GUARDA CHE IN QUEL CASO AVREBBE DETTO "ARRAPATO"...
COMUNQUE, COME MAI SEI COSÌ DEPRESSO?
E VOI COME STATE, GUCCHI E HIRAOKA?
COMUNQUE, CI ERAVAMO GIÀ VISTI LA SETTIMANA SCORSA!
TUTTO OK!
FA SOLO UN GRAN CALDO!
IO SONO STATO PARECCHIO PRESO DALLE ATTIVITÀ DEL CLUB!

HIRAO, OGGI HAI IL CLUB?
OGGI NO.
ALLORA CHE NE DICI DEL KARAOKE? È DA TANTO CHE NON CI ANDIAMO.
BELLO! CI STO!
VIENI ANCHE TU, VERO, WATARU?
CERTO!
KARAOKE?
VOGLIO VENIRE ANCH'IO! POSSO UNIRMI?
UGH!
OK...
ASADA.
COS'ERA QUEL VERSO DI DISGUSTO?!
AAAH, ORA SÌ CHE MI SENTO MEGLIO!
CANTARE FA VENIRE UNA GRAN FAME, RAGAZZI!

AH!
MMH? CHE TI PRENDE, GUCCHI?
QUELLO LÀ...
NON E` SAEKI?
GUARDA COME SE LA STA GODENDO... CHE SPENSIERATEZZA... QUANTO LO INVIDIO!
È CON UN SACCO DI RAGAZZE! ACCIDENTI A LUI!
...
EHI...
VERAMENTE ANCHE QUI CE NE SAREBBE UNA...

MPF...
SI STA DIVERTENDO...
E QUINDI...
AH AH AH! NON CI CREDO!
QUANDO INIZI IL RITIRO?
UGH!
È ARRIVATO UN MESSAGGIO DA MIO FRATELLO.
DEVO TORNARE A CASA.
AH.
ALLORA VADO ANCH'IO.
DOMANI DEVO ALZARMI PRESTO.
NOI CE NE ANDIAMO, VOI CHE FATE?
VOGLIO MANGIARE UN DOLCETTO... FAMMI COMPAGNIA, TODA.
AH... VA BENE.
BLINK

CI SI VEDE, RAGAZZI!
SÌ!
CIAO!
DAI, FINISCI IN FRETTA E ANDIAMO A CASA ANCHE NOI.
TODA.
NON SEI UN PO' CURIOSO?
EH? E DI COSA?
GUARDA CHE DEL TUO DOLCE M'IMPORTA MENO DI ZERO!
STO PARLANDO DI SAEKI E DEI SUOI AMICI.
NO!
È DA PRIMA CHE LI FISSI.
EH?! E CHI LI STA GUARDANDO?!
C'È QUALCOSA CHE TI PREOCCUPA?
NO, NIENTE!
EH?
LI STAVO DAVVERO FISSANDO?
SLUUUURP

ORA CHE MI CI FAI PENSARE...
NON SEI RIUSCITO A CAPIRE CHI E` QUESTA PERSONA CHE PIACE A SAEKI, EH?
ANCORA CON QUELLA STORIA?
TI HO DETTO CHE NON LO SO...
DAVVERO?
CERTO...
COMUNQUE...

...ANCHE SE LO SAPESSI...
...NON POTREI DI CERTO ANDARE A SPIATTELLARLO AI QUATTRO VENTI...
BE'...
HAI RAGIONE...
EH?
ERI QUI?
AH.
CI SENTIAMO.
CIAO.
OK...
PARLI DEL DIAVOLO...
...

ERA COSÌ...
...NOR-MALE...
COMUNQUE...
VA BENE COSÌ...
MPF!
QUANTO PESA!
NNNGH!
TLONK
AH!

...
PERCHE` CI STO ANCORA PENSANDO...?
AH...
CHE CALDO...
LOCANDA IROHA
APERTO

* POLPETTE DI RISO.

COMUNQUE, E` VERAMENTE SQUISITO!
E` IL KATSUDON PIU` BUONO CHE ABBIA MAI MANGIATO!
HAI DEL RISO ATTACCATO SULLA FACCIA!
AH AH!
SAREBBE STATO MEGLIO POTERSI SEDERE PROPRIO ALLO STESSO TAVOLO DEL FILM.
GIÀ...
PERÒ IL LOCALE E` PIENO DI GENTE, ACCONTENTIAMOCI.
ESSERE VENUTI QUI MI SEMBRA GIÀ ABBASTANZA.
HAI RAGIONE.

AAAH... CHE MANGIATA!
ERA TUTTO OTTIMO!
E ORA CHE SI FA?
UHM... VEDIAMO COSA C'È DA QUESTE PARTI.
AH.
CERCHIAMO!
FRUSH FRUSH
MMH?
SIAMO VICINI AL PARCO HIGASHIMURA!
AH, HAI RAGIONE.
È DUE FERMATE PIÙ AVANTI.
QUANTI RICORDI!
CHE NE DICI...
...SE CI FACCIAMO UN SALTO?
PARCO HIGASHIMURA

AH!
QUESTO POSTO NON È CAMBIATO DI UNA VIRGOLA!
SAI, UNA VOLTA SONO CADUTO DENTRO QUESTO LAGO.
PFFFT
DAVVERO?
E PERCHÈ?
PENSAVO DI POTER FARE TUTTO IL GIRO CAMMINANDO SOPRA QUESTA STACCIONATA.
RICORDO ANCORA LE URLA DELLA MAMMA, QUEL GIORNO...
SPLOSH
AH AH AH!
RIESCO A IMMAGINARE LA SCENA!
EHI, STAI RIDENDO TROPPO!
È PROPRIO DA TE, WATARU.
BE', VA BENE COSÌ...

SAEKI...
TU SEI MAI VENUTO QUI?
SÌ...
FORSE SÌ.
CON LA MIA EX RAGAZZA.
...
AH...
È LA PRIMA VOLTA...
...CHE SENTO USCIRE DALLA SUA BOCCA...
...LA PAROLA "RAGAZZA".

È COME SE...
E A TE...
...CON QUELLA RAGAZZA VA TUTTO BENE?
QUELLA RAGAZZA?
LA TIPA CON CUI TI HO VISTO IN QUEL LOCALE.
CI STAVI PARLANDO ANCHE DURANTE LA PAUSA PRANZO L'ALTRO GIORNO.
EH?! ASADA?!
NO, GUARDA CHE TI SBAGLI!
IN QUEL LOCALE C'ERANO ANCHE GUCCHI E HIRAOKA, POI SE NE SONO ANDATI LASCIANDOMI SOLO CON LEI.
AH, DAVVERO?
CERTO!

ASPETTA UN SECONDO...
PER QUALE MOTIVO...
...STO CERCANDO DELLE SCUSE?
CAPISCO.
PERÒ DEVO DIRE CHE STATE BENE INSIEME.
...
MA...
SE VEDI LA PERSONA CHE TI PIACE INSIEME A UN'ALTRA E TI SEMBRA CHE STIANO BENE INSIEME...
ECCO... TUTTO QUESTO NON LO TROVI IRRITANTE?
NO.

ASSOLU-
TAMENTE
NO.
UMPF...
ASSOLU-
TAMENTE
NO, EH?
SE NON
LO TROVI
IRRITAN-
TE...
...ALLO-
RA PER
QUALE
MOTI-
VO...
IO...
TE L'HO
GIÀ SPIE-
GATO.

...SONO RIUSCITO A DIRTICI CIÒ CHE PROVO.
NONOSTANTE CIÒ, TU HAI CONTINUATO A TRATTARMI NORMALMENTE...
...ABBIAMO FATTO IL NOSTRO TOUR DELLE LOCATION...
...E PER ME QUESTO È ABBASTANZA.
TU DEVI FARE QUELLO CHE VUOI, WATARU.
QUINDI È COSÌ?
A TE POTREBBE ANDAR BENE ANCHE IN QUESTO MODO...
...MA NON PENSI A COME POSSA SENTIRMI IO?
ANCHE SE FINORA MI SONO COMPORTATO NORMALMENTE...
...NON SARÀ MAI POSSIBILE...

...TORNARE COME PRIMA!
WEEEH!
WEEEH!
WEEEH!
MMH?
CHE SUCCEDE?
UNA BAMBINA?
CHE LE SARÀ SUCCESSO?
AH!
È ARRIVATA LA MADRE.
AH, ECCOTI QUA, CHIHARU!
NON SAI QUANTO TI HO CERCATA!
MAMMINA, MI SONO FATTA MALE!
OH, SEI CADUTA! VIENI, TI METTO UN CEROTTO!
SÌ!

SEMBRA TUTTO RISOLTO.
GIÀ.
CHIHARU...
PROPRIO COME TE!
IL NOME, DICO!
EH, SÌ.
I MIEI GENITORI VOLEVANO UN NOME CHE ANDASSE BENE SIA PER UN MASCHIO CHE PER UNA FEMMINA.
CAPISCO...
AH.
MMH?
ORA CHE CI PENSO, DA PICCOLO, PROPRIO QUI...
...HO INCONTRATO UNA BAMBINA CHE PIANGEVA PERCHÈ SI ERA PERSA.

PIANGEVA COME UNA FONTANA E SI DIMENAVA...
NON RIUSCII A LASCIARLA LÌ DA SOLA...
E QUINDI, VISTO CHE CONOSCEVO BENE QUESTO PARCO, LA RIACCOMPAGNAI DAI SUOI GENITORI...
QUELLA BAMBINA ERA PROPRIO CARINA...
...ANCHE SE...
WATARU.

EH?
CHE TI E' PRE...
SCUSA.
SE NON VUOI...
...PUOI SPIN-GERMI VIA.

EH?
COSA...?
EH?
NO... MA...
CHE STAI FA-CENDO?!
EHI!
SE VENISSE QUAL-CUNO...
SÌ.

LO SO.
...
SONO UN VIGLIACCO, EH...?

COME POSSO ALLONTANARTI DOPO AVERTI SENTITO PARLARE...
...CON UNA VOCE ROTTA COME SE STESSI PER METTERTI A PIANGERE...?
QUESTA NON CI VOLEVA...

Capitolo 4

SHAAA
LA PIOGGIA...
...SI STA FACENDO PIU` FITTA.
PRIMA DI ARRIVARE AL CINEMA NON PIOVEVA.
ORA CHE MI CI FAI PENSARE, AVEVANO DETTO CHE DOMANI SAREBBE PASSATO UN TIFONE.
BURGER KI
BKランチ
¥490
SARÀ MEGLIO TORNARE A CASA IL PRIMA POSSIBILE.
PERÒ...
HAI RAGIONE.
...PRIMA DI ANDARE VOGLIO QUALCOS'ALTRO DA BERE.
TU, WATARU?
ANCH'IO.
OFFRO IO.
CHE VUOI?
UNA COCA.

...
SLUUUR
AAAH...
NNNGH
QUESTO NON VA PER NIENTE BENE...
PER QUALE MOTIVO SONO COSÌ TESO?
IN REALTÀ...
CHISSÀ PERCHÈ...
...CREDO DI SAPERLO...

"SCUSA!"
I SUOI SENTIMENTI...
QUANTO FACCIA SUL SERIO...
ME LO HA FATTO CAPIRE MOLTO BENE, EPPURE...
"LO SAPEVO..!"
"SONO UN FALLIMENTO..!"
...È COME SE...
...NON MI AVESSE ANCORA MOSTRATO COSA PROVA DAVVERO.

COMUNQUE...
...PERCHÈ DEVO STARCI MALE IO?
NON È STRANO?
ALLA FINE, IO...
ANF
GWIK
ECCO!
THUP
WAH!
CLING
EHI!
DA DOV'È USCITO QUELL'URLETTO?
EHM...
BELLA REAZIONE!
MI HAI FATTO PRENDERE UN COLPO!
MI SEMBRAVI ASSORTO NEI TUOI PENSIERI...
È SUCCESSO QUALCOSA?
AVEVI UN'ESPRESSIONE COSÌ SERIA...
NO, NIENTE...
È TUTTA COLPA TUA...
IDIOTA...

...
BLINK
E` IMBARAZ-ZANTE...
...SE CONTINUI A GUARDARMI COSÌ...
AH... SENTI...
L'ULTIMA LOCATION, IL MARE...
QUANDO PENSI DI AVER TEMPO PER ANDARCI?
MMH?
AH...
VEDIAMO... HO SEMPRE IL PART TIME E I COMPITI DELLE VACANZE...
SONO UNO CHE SI RIDUCE SEMPRE AL-L'ULTIMO!
CREDO CHE L'UNI-CO GIORNO POSSIBILE SIA IL VEN-TOTTO.
OK, AGGIUDI-CATO.
BENE!
GLI SCOGLI SONO FA-VOLOSI...
RIMANGONO PARECCHIO IMPRESSI...
GIÀ.
QUESTO E` IL PO-STO DOVE VOLEVO ANDARE PIU` DI TUTTI.

NON VEDO L'ORA DI POTERLO AMMIRARE CON I MIEI OCCHI.
ORA CHE CI PENSO...
...QUANDO QUESTO NOSTRO "PELLEGRINAGGIO" SARÀ TERMINATO...
...COSA ACCADRÀ?

PER SAEKI...
...CREDO SIA IL SUO MODO PER RISOLVERE LE COSE.
UNA VOLTA CHE SARÀ TUTTO FINITO...
...TORNEREMO COME ERAVAMO...
E UN GIORNO...
...SMETTERÀ...
...DI PROVARE QUEI SENTIMENTI PER ME...

QUESTO...
MA QUESTO...

NO, NON VOGLIO.
NON VOGLIO.
TI PREGO.
LASCIAMI ANDARE.
TI PREGO, RESTA QUI.
KAREN.
MI DISPIACE.
DENTRO DI ME...
...TU NON ESISTI PIÙ.
ADDIO.

POFF
...
PERCHE` MI SONO FERMATO?!
DEVO VEDERE COME CONTINUA...
HA UN SACCO DI SCENE ROMANTICHE PER ESSERE UN FILM D'AZIONE...
SIGH...
PER OGGI E` MEGLIO SMETTERE...
ばふ FHUP
ROLL ごろ

DEVO RESTITUIRE A PAPÀ...
...IL SUO TABLET...
FRIIIN
FRIIIN
FRIIIN
FRIIIN
FRIIIN
DANNAZIONE!
MIA SORELLA RIESCE SEMPRE A MANOVRARMI COME VUOLE...
FRIIIN
FRIIIN
FRIIIN
FRIIIN
SAREBBE POTUTA ANDARCI ANCHE CON LE SUE GAMBE!
COMPRAMI...
...IL GELATO! ♡
FRIIIN
FRIIIN
FRIIIN
ARGH... CHE CALDO...

ANCHE IL VENTOTTO...
...FARA` PARECCHIO CALDO...
"QUESTO E` IL POSTO DOVE VOLEVO ANDARE PIU` DI TUTTI!"
LE VACANZE ESTIVE STANNO PER FINIRE...
"NON VEDO L'ORA DI POTERLO AMMIRARE CON I MIEI OCCHI!"
...
IO...

GWOOOH
NO... I TRENI SONO TUTTI FERMI...
GIÀ... CREDO NON CI SIA NIENTE DA FARE...
LA PIOGGIA E IL VENTO SI SONO FATTI ANCORA PIÙ FORTI IN QUEST'ULTIMA ORA...
LE ONDE SONO ALTE E QUINDI RACCOMANDIAMO LA MASSIMA...
Diretta Tifone sta per abbattersi sulla regione del Kanto
IL TIFONE HA CAMBIATO IMPROVVISAMENTE DIREZIONE... MALEDIZIONE!
AAAH... GUARDA CHE PIOGGIA...!

C'È POCO DA FARE...
ANDARE IN QUESTE CONDIZIONI SAREBBE PERICOLOSO...
IL POSTO È PROPRIO SUL MARE!
ONESTAMENTE...
...OGGI MI SAREBBE PIACIUTO DAVVERO ANDARCI.
...
DAI...
QUANDO SARÀ RICOMINCIATA LA SCUOLA...
...CI RIMETTEREMO D'ACCORDO E CE LA FAREMO.
BE'... TANTO PER COMINCIARE...
...DOVRAI ARRIVARE INCOLUME ALLA FINE DEL SECONDO TRIMESTRE...
UGH!
NON GIRARE IL COLTELLO NELLA PIAGA!
COMUNQUE, SONO SICURO CHE AVRAI GIÀ FINITO I COMPITI DELLE VACANZE DA UN PEZZO, DICO BENE?
AH AH!

OK, CI VEDREMO A SCUOLA PER IL SECONDO TRIMESTRE.
...
?
PRONTO?
SAEKI?
EHI, DI' QUALCOSA!
WATARU.
GRAZIE.
E PERCHE'?
NON HO FATTO PROPRIO NIENTE.

TI RIN-
GRAZIO LO
STESSO.
ザァァァァァ
SHAAA

2 - C
'GIORNO!
STATE TUTTI BENE?
CIAO.
GUARDA CHE CI SIAMO VISTI LA SETTIMANA SCORSA.
ばし PAT
ばし PAT
UNA SETTIMANA E' LUNGA! SEI PROPRIO SENZA CUORE!
CHE TI PRENDE?
SLIDE
ANDATE A SEDERVI! NE E' PASSATO DI TEMPO, RAGAZZI!
BUONGIORNO, PROF!
BLA
BLA

FINALMENTE LA PRIMA ORA È TERMINATA!
UUUGH
DOPO UN MESE E MEZZO DI VACANZA, È DURA TORNARE ALLE VECCHIE ABITUDINI...
ABBIAMO ALTRE TRE LEZIONI PRIMA DELLA PAUSA!
SEMBRA UN'INFINITÀ DI TEMPO...
VOI DUE SIETE PROPRIO DEI GRAN SCANSAFATICHE!
SLIDE
HAI UN ATTIMO?
TU SEI TODA, GIUSTO?
SÌ, SONO IO, PERCHÈ?
AH.
SONO KAWAGUCHI DELLA SEZIONE A.
TODA, TU...
...ERI SPESSO INSIEME A SAEKI, VERO?
BE'...
SÌ...
TI HA DETTO QUALCOSA?
A CHE TI RIFERISCI?
COS'È SUCCESSO A SAEKI?
AH, QUINDI NEMMENO TU SAI NIENTE, TODA.
NO...
ECCO...

HA CAMBIATO SCUOLA.

COSA...?
ME L'HANNO DETTO POCO FA DURANTE L'ASSEMBLEA DI CLASSE.
PARE CHE ABBIA DECISO IL TRASFERIMENTO DURANTE IL PERIODO ESTIVO A CAUSA DI CIRCOSTANZE FAMIGLIARI.
SONO RIMASTO ABBASTANZA SORPRESO PERCHE` NON LO SAPEVA NESSUNO.
EH?

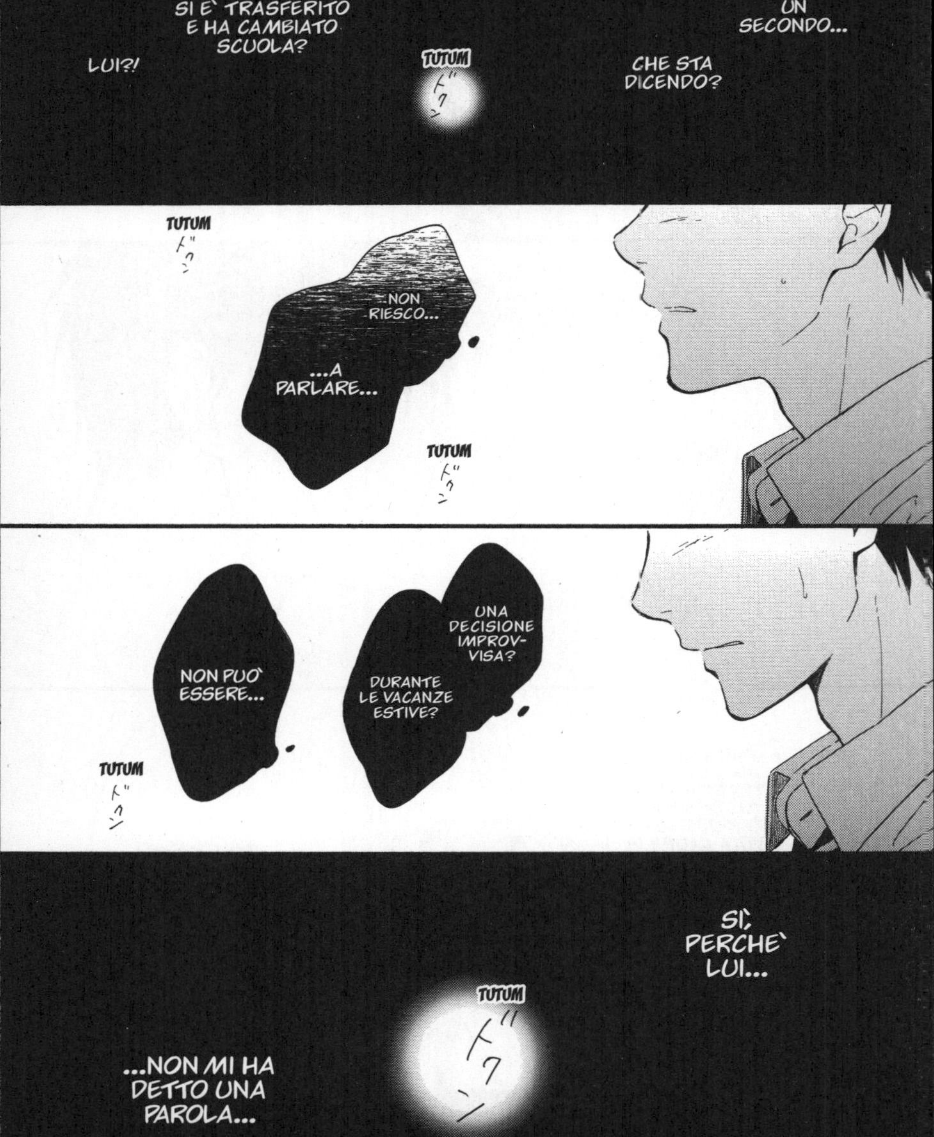
UN SECONDO...
CHE STA DICENDO?
TUTUM
SI È TRASFERITO E HA CAMBIATO SCUOLA?
LUI?!
TUTUM
NON RIESCO...
...A PARLARE...
TUTUM
UNA DECISIONE IMPROV-VISA?
DURANTE LE VACANZE ESTIVE?
NON PUÒ ESSERE...
TUTUM
SÌ, PERCHÈ LUI...
TUTUM
...NON MI HA DETTO UNA PAROLA...

...
MI CHIEDO SE WATARU...
...STIA BENE...
CHI LO SA...?
NON SO COSA SIA ACCADUTO A SAEKI...
...MA LUI E WATARU ERANO PARECCHIO AMICI, NO?
PERCIÒ...
...VISTO CHE SAEKI È SPARITO SENZA DIR NIENTE...
...PER WATARU SARÀ DURA, NO?

IL NUMERO DA LEI CHIAMATO...
...NON E` ATTIVO...
LA PREGHIAMO DI CONTROLLARE E...

CHE COSA SIGNIFICA...
...TUTTO QUESTO?
SALA INSEGNANTI
SEI DAVVERO OSTINATO.

E` UNA SETTIMANA CHE ME LO CHIEDI...
...TODA.
MI DISPIACE, MA NON POSSO DIRTI NIENTE.
E` UNA QUESTIONE PRIVATA.
DEVI CHIEDERLO AL DIRETTO INTERESSATO.
NON RIESCO A METTERMI IN CONTATTO CON LUI.
MI DICA IL NOME...
...DELLA NUOVA SCUOLA CHE FREQUENTA, PER FAVORE.
...
UFF...
SIETE PROPRIO DEI GRAN TESTARDI, TUTTI E DUE...

TODA...
TU E SAEKI ERAVATE PARECCHIO AMICI, VERO?
TOC TOC
NON DOVRAI DIRLO A NESSUNO, OK?
CERTAMENTE.
BE', ECCO...
IL FATTO CHE SI SIA TRASFERITO IN UN'ALTRA SCUOLA PER MOTIVI FAMIGLIARI...
...È VERO.
TUTTAVIA...
...NON È STATA UNA COSA DECISA DURANTE LE VACANZE ESTIVE...
...MA GIÀ NEL PRIMO TRIMESTRE.
SAEKI CI AVEVA PREGATO DI NON DIRLO A NESSUNO.
GLI HO CHIESTO SE ERA VERAMENTE D'ACCORDO NEL TENERLO SEGRETO E INFATTI LA SUA TESTARDAGGINE HA PREVALSO.
IL DIRETTO INTERESSATO VOLEVA CHE ANDASSE COSÌ, E QUINDI NON HO POTUTO FAR ALTRO.

LUI NON È NEMMENO UNA PERSONA CHE AGISCE SENZA PENSARE...
BE', PROBABILMENTE...
...DEVE AVER AVUTO LE SUE BUONE RAGIONI.
...
COMUNQUE SIA...
...MI DISPIACE, MA NON POSSO DIRTI IL NOME DELLA SUA NUOVA SCUOLA.
GLIEL'HO PROMESSO.
PURTROPPO, NON POSSO RIVELARTI ALTRO.

AH...
CAPISCO...
IL FATTO CHE SI SIA DICHIARATO...
QUELLA SORTA DI "PELLEGRINAGGIO"...
TUTTO...
...QUELLO...
...ACCADUTO FINORA...
CERTO...

...ORA TORNA TUTTO...

SLIDE
AH, ECCOLO.
WATA...
...RU...
VUSH
...
EHI.
FLIP
コク
MI RACCO-MANDO, D'ORA IN POI E' VIETA-TO PARLARE DI SAEKI DAVANTI A WATARU.

RAGAZZI...
STAVOL-
TA MI SA
CHE SARÀ
DURA...
THUD

"SÌ, DEVO DIRE CHE MI PIACI PROPRIO!"
"SÌ, MI STO DIVERTENDO MOLTO!"
"E PER ME QUESTO È ABBASTANZA!"
"LO SO."
"WATARU."

"GRAZIE!"

LUI
È STATO
COSÌ...
...SIN
DALL'INIZIO.
E ANCHE L'ESTATE STA PER FINIRE...
Capitolo 5

You are
in the
blue summer

Nagisa Furuya

DIIIN
DOOON
DAAAN
DOOON
FINALMENTE IL WEEKEND!
BLA
BLA
CHE NE DICI...
...SE DOMENICA ANDIAMO LÌ?
WATARU.
PERCHÉ NON FACCIAMO UN SALTO AL BATTING CENTER?
VOGLIO FARE UN PO' DI MOVIMENTO!
GNIK
AH! SÌ! MI PIACEREBBE UN SACCO SGRANCHIRMI UN PO'!
SÌ, VORREI TANTO VENIRCI, MA...
...OGGI HO IL PART TIME.
CHE NE DICI SE CI ANDIAMO LA SETTIMANA PROSSIMA?
AH, DAVVERO...?
OK, ALLORA VADA PER LA SETTIMANA PROSSIMA!
COMUNQUE...
...NON DOVEVI LAVORARE SOLTANTO DURANTE LE VACANZE ESTIVE?

SAI, MI ERA VENUTA VOGLIA DI LAVORARE DI PIÙ...
E QUANDO HO CHIESTO A MIO ZIO, LUI MI HA DETTO CHE ERA A CORTO DI PERSO-NALE...
...E QUINDI HO CO-MINCIATO A LAVORA-RE ANCHE DOPO LE VACANZE.
MMH... CAPISCO...
AH, SCUSA, ADESSO DE-VO PROPRIO ANDARE!
VA BENE! BUON LAVO-RO!
OH! CI SI VEDE!
CIAO!
BE'...
POTREBBE ESSERE LA SOLUZIONE MIGLIORE...

WATARU!
HAI UN MOMENTO?
CHE SUCCEDE?
SCUSA SE TE LO CHIEDO COSÌ ALL'IMPROVVISO, MA RIESCI A VENIRE DOMANI, DOPODOMANI, SABATO E DOMENICA?
UNO DEI RAGAZZI HA AVUTO UN'EMERGENZA E NON PUÒ ESSERCI.
NESSUN PROBLEMA.
DICI DAVVERO?
TI RINGRAZIO!
NON È CHE AVEVI GIÀ QUALCHE IMPEGNO?
TIPO ANDARE AL CINEMA CON GLI AMICI...
NO.
NESSUN PROBLEMA.

SONO A CASA.
CLACK
AH.
BENTORNATO!
MAMMA E PAPÀ SONO USCITI.
LA CENA?
HO MANGIATO AL LAVORO.
AH.
SEI ANDATO ANCHE OGGI?
CHE TI PRENDE? PERCHÉ TI SEI MESSO A LAVORARE COSÌ TANTO?
PRIMA LAVORAVI SOLO DURANTE LE VACANZE ESTIVE E INVERNALI...
QUASI NON TI RICONOSCO PIÙ!
CHIUDI IL BECCO...
ORA MI VA DI FARLO.
MMH...
AH, DIMENTICAVO.

TI È ARRIVATA UNA LETTERA.
LÌ SOPRA.
UNA LETTERA?
PER ME?
È DA PARTE DI UNA RAGAZZA! NON TI FACEVO COSÌ AUDACE, WATARU!
IH IH IH!
EH?!
UNA RAGAZZA? MA CHE VUOI DIRE...?
Chiharu Saeki

DASH
SBAM
EHI!
SMETTILA DI FARE TUTTO QUESTO RUMORE, WATARU!
SLIP
する…

...
Chiharu Saeki
STRAP
FIUUU
"CARO WATARU..."
CARO WATARU
NE E PASSATO DI TEMPO
ORMAI E UN MESE DALL'ULTIMA VOLTA CHE ABBIAMO
PARLATO AL TELEFONO. ERA IL GIORNO DEL TIFONE
RO CHE TU STIA BENE
ALLA NUOVA SCUOLA

"NE È PASSATO DI TEMPO!"
"ORMAI È UN MESE DALL'ULTIMA VOLTA CHE ABBIAMO PARLATO AL TELEFONO, ERA IL GIORNO DEL TIFONE!"
"SPERO CHE TU STIA BENE!"
"MI STO PIAN PIANO ABITUANDO ALLA NUOVA SCUOLA..."
"...E DICIAMO CHE A MODO MIO STO CERCANDO DI DIVERTIRMI!"
"MI DISPIACE..."
"...SE È SUCCESSO TUTTO COSÌ ALL'IMPROVVISO!"
"SONO SICURO CHE SARAI ARRABBIATO!"
"SO DI AVER FATTO UN'IDIOZIA!"
"PERCIÒ TI CHIEDO SCUSA!"
"PENSAVO CHE NON TE LO AVREI MAI DETTO..."
"...MA ALLA FINE HO SENTITO CHE DOVEVO FARLO, ALMENO CON TE!"
"LASCIA CHE TI PARLI UN PO' DI ME!"

"QUANDO AVEVO SETTE ANNI..."
"...MIA MADRE, CHE AVEVA SEMPRE DESIDERATO AVERE UNA BAMBINA, MI DISSE..."
CHIHARU.
VUOI PROVARE QUESTO VESTITO?
"ERA COSÌ FELICE..."
"...E GUARDARLA MI FECE SENTIRE ALLO STESSO MODO."
"FU COSÌ CHE MIA MADRE..."
"...UNA VOLTA OGNI TANTO INIZIÒ A FARMI INDOSSARE VESTITI DA BAMBINA."

"CHIHARU..."
"TI DONA MOLTO!"
"QUANTO SEI CARINA..."
"...PICCOLA CHIHARU!"
"PASSÒ UN PO' DI TEMPO..."
"...E MIA MADRE COMINCIÒ A PORTARMI FUORI VESTITO COME UNA BAMBINA."
OH!
CHE BELLA SIGNORINA!
NO...
IO...
IO NON...
"DI SOLITO INDOSSAVO VESTITI DA MASCHIETTO..."
"LA MAMMA NON MI AVEVA MAI FORZATO A VESTIRMI DA BAMBINA..."
"...MA QUANDO LA VEDEVO COSÌ FELICE, NON RIUSCIVO A DIRLE DI NO."

"OGNI VOLTA..."
"...PENSAVO CHE LEI NON MI VOLEVA..."
"...COME FIGLIO MASCHIO."
"CONTINUÒ TUTTO COSÌ FINO A UN GIORNO D'ESTATE... AVEVO DIECI ANNI."
"RICORDO CHE IO, MIO PADRE E MIA MADRE ERAVAMO ANDATI AL PARCO HIGASHIMURA."
"VOLEVO PASSARE UN PO' DI TEMPO DA SOLO E MI ALLONTANAI."
"FU COSÌ CHE MI PERSI."
THUD
AH!
A...
AHIA...
UHM...

UFFA... BASTA... VOGLIO TORNARE A CASA...
NON MI PIACE...
PER QUANTO ANCORA DEVO PORTARE QUESTI VESTIT...
TUTTO OK?
TI FA MALE?
STO... STO BENE.
NON C'È NESSUNO CON TE? I TUOI GENITORI DOVE SONO?
STAVO PASSEGGIANDO E HO SMARRITO LA STRADA... CREDO VICINO ALLA FONTANA.

NESSUN PROBLEMA!
CONOSCO BENISSIMO QUESTO PARCO, TI CI ACCOMPAGNERÒ IO!
AH... OK.
...
PROBABILMENTE ABBIAMO LA STESSA ETÀ...
CHE VERGOGNA...
PRESTO, DEVO...
BLINK
...
CHE C'È?
PERCHÈ...
...SEI VESTITO IN QUEL MODO?

L'HAI CAPITO?
CERTO... LA TUA VOCE... E POI HAI UN'ARIA DIVERSA DA QUELLA DI UNA BAMBINA...
COMUNQUE...
I CAPELLI SONO TUOI?
NO, È UNA PARRUCCA.
TI PIACE VESTIRTI DA FEMMINA?
PERCHÈ...
...ME LO CHIEDI?
NON È CHE LO FACCIO...
...PERCHÈ MI PIACE...
SAI...
...NON MI SEMBRA CHE TI PIACCIA TANTO.
MIA SORELLA MAGGIORE, OGNI VOLTA CHE SI METTE UN VESTITO CHE LE PIACE, È SEMPRE COSÌ CONTENTA.
COMUNQUE, SE TI VESTI IN QUESTO MODO PERCHÈ TI PIACE, ALLORA NON C'È PROBLEMA.
MA SE NON È COSÌ...

...ALLORA DOVRESTI OPPORTI!
PLIC
ぼろっ
?!
AH!
SCUSA!
NO...
TI...
SBA-GLI...
PLIC
ぼろ
PLIC
ぼろ

GRA... ...ZIE...
"TUTTO QUELLO CHE MI TENEVO DENTRO..."
"...USCÌ FUORI..."
"QUEL RAGAZZINO MI PRESE LA MANO..."
"...E MI TIRÒ MENTRE IO CONTINUAVO A PIANGERE."
"VISTO DA DIETRO..."
"...SEMBRAVA PROPRIO L'EROE DI UN FILM."

AH! WATARU!
DOV'ERI ANDATO?!
HAI DI NUOVO RACCATTATO UN BASTONE?!
WATARU...
"COSÌ..."
"...PARLAI CON MIA MADRE."

"LEI, PIANGENDO, MI CHIESE SCUSA..."
"...E ALLA FINE MI DISSE..."
TI PREGO, NON DIMENTICARTELO MAI.
CHIHARU...
...IO TI AMO.
"NON RIUSCIVO A DIRE CIÒ CHE VOLEVO, EPPURE QUALCUNO MI FECE CAMBIARE..."
"...E FU PROPRIO QUEL RAGAZZINO."
"LO RINCONTRAI AL LICEO."
"E MENTRE TRASCORREVAMO IL TEMPO COME AMICI..."
"...HO CAPITO CHE NON ERA CAMBIATO DA QUEL GIORNO, ERA RIMASTO QUEL RAGAZZINO SCHIETTO E SINCERO..."
"...E PRIMA CHE ME NE ACCORGESSI, ERA DIVENTATO QUALCOSA DI MOLTO IMPORTANTE PER ME."

"LA RAGIONE PER CUI AVEVO SCELTO SUL MARE SPLENDE IL SOLE PER IL NOSTRO TOUR..."
"...ERA CHE MI RISPECCHIAVO IN ALCUNE SCENE DI QUEL FILM."
"QUELLO CHE MI DICESTI IN STAZIONE MENTRE CI RIPARAVAMO DALLA PIOGGIA..."
"IL FATTO CHE TI RICORDASSI COSA ERA SUCCESSO QUEL GIORNO..."
"TUTTO CIÒ MI HA RESO MOLTO FELICE."
"TI CHIEDO SCUSA PER TUTTI I FASTIDI CHE TI HO CAUSATO."
"TUTTAVIA..."
"...SONO CONTENTO CHE TU MI ABBIA ACCETTATO."
"WATARU, TU PER ME..."
"...SEI SEMPRE STATO PARTE DELL'ESTATE."

"ABBI CURA DI TE!"
"E GRAZIE PER I BELLISSIMI RICORDI!"
DIIIN
UGH!
STA GIÀ SUONANDO LA CAMPANA.
DOOON
CHE SONNO...
DAAAN
DOOON
TLAK
TLAK
TLAK
Chiharu Saeki

IERI...
L'AVEVO LASCIA-TA SULLA SCRIVANIA... DEV'ESSERE SCIVOLATA DENTRO IL QUADER-NO...
TLANK
WHAM
ばっ
SLIDE
EH?!
EHI!
WATA-RU! MA CHE...?!
SCUSA!
DI' AL PROF CHE SONO DOVUTO ANDARE VIA PRI-MA!

EH?
COOO-SAAA?!
ANDARSENE COSÌ DI FRETTA ALLA FINE DELLA PRIMA ORA DI LUNEDÌ?
BEN FATTO, WATARU!
TAKLAN
TAKLAN
TAKLAN
TAKLAN
IL TIMBRO POSTALE È DI SABATO.
TAKLAN
LA LETTERA È STATA SPEDITA...
...VICINO ALLA SUA VECCHIA CASA.

PER ADESSO...
TAP
...QUESTA È L'UNICA COSA CHE HO.

ザッ TAP
TAP ザッ

TAP
TAP
WATARU...?
TAP
PERCHÈ..?
THUMP
SAEKI.
TI CON-
VIENE...
...STRIN-
GERE I
DENTI!

ガッ
SBONK
ドッ
THUD
GRAB
グッ

NON PREN-DERTI...
...GIO-CO DI ME!
CHE DIAVOLO ERA?!
COS'ERA QUELLA LETTERA?!
ERA OVVIO CHE MI SAREI ARRABBIATO!

QUINDI, FIN DALL'INIZIO, ERANO QUESTE LE TUE INTENZIONI?!
HAI COMINCIATO...
...E HAI FINITO QUESTA STORIA DI TESTA TUA!
INTENDI IGNORARE COMPLETAMENTE I MIEI SENTIMENTI?!
NON CI STO!
NON VOGLIO ESSERE UN DANNATO RICORDO FRUTTO DEL TUO EGOISMO!

NON M'IMPORTA UN BEL NIENTE DI QUELLI COME TE!
VA' PURE DOVE TI PARE E PIACE!
NON FARTI MAI PIÙ VEDERE!

...
NON PENSA-VO...
...CHE TI AVREI PIU` RIVISTO...

BRUTTO IDIOTA...
SCUSA...

WATARU...
SONO ARRIVATO A QUESTO...
...PER CERCARE DI RINUNCIARE A TE...
...MA ALLA FINE...
...INVECE DI RASSEGNARMI...
...NON HO FATTO ALTRO CHE PENSARE...
...CHE MI PIACI...
LO SO... SONO VERAMENTE...
...SENZA SPERANZA.

GRAB
DAVVERO...
SEI PROPRIO SENZA SPERANZA.
DOVER RINUNCIARE O MENO...
ADESSO TUTTO QUESTO NON HA NESSUNA IMPORTANZA.
QUALI SONO...
...I TUOI VERI SENTIMENTI?
...
CHE IO...

...NON MI ASPETTASSI NIENTE DA TE... ERA UNA BUGIA.
IN REALTÀ...
...NON VOLEVO CHE DIVENTASSERO RICORDI.
VOGLIO SENTIRE LA TUA VOCE...
STARE CON TE...
SFIORARTI...
STARTI ACCANTO...
VOGLIO...
...ESSERE GUARDATO DA TE.

FINAL-MENTE...
...SENTO USCIRE DALLA TUA BOCCA I TUOI VERI SENTI-MENTI.
TSK!
NON SEI AFFATTO CAMBIATO.
COMUN-QUE...

...ORA CHE SEI RIUSCITO A FARMI INNAMORARE DI TE...
...NON TI PERDONEREI COSÌ FACILMENTE SE SCOMPARISSI.

STAI SCHER-ZANDO...
PENSI CHE POTREI DIRE UNA COSA DEL GENERE PER FINTA?
MA...
...NON PUÒ...
...ESSERE VERO...
DI' UN PO', TI HO MAI MENTITO?

NO.
...ERA
LEGGERMENTE
FREDDO...
IL MARE
ALLA FINE
DELL'ESTATE...

...MA LE NOSTRE MANI...
...ERANO CALDE COME IN UN GIORNO DI PIENA ESTATE.
SPLASH
SPLASH

COMUNQUE...
NON RIESCO A CREDERE CHE FOSSI TU IL RAGAZZINO DEL PARCO.
SEI CRESCIUTO, EH?
NON ERAVAMO ALTI PIÙ O MENO UGUALE...?
BE', ALLE MEDIE MI SONO ALZATO PARECCHIO!
BLINK
178cm
166cm
A PARTE QUESTO...
OGGI NON HAI SCUOLA, WATARU? NON È UN GIORNO FESTIVO...
SONO USCITO PRIMA.
EH?
QUESTO SIGNIFICA CHE...
TU, INVECE...
...HAI SALTATO LA SCUOLA?
OGGI È FESTA, È L'ANNIVERSARIO DELLA FONDAZIONE DEL MIO LICEO.
ORA CHE CI PENSO, ALLA FINE DOVE TI SEI TRASFERITO?
A OSAKA.

AH, OSAKA...
EH?!
QUINDI...
SEI VENUTO FIN QUI SOLO PER SPEDIRMI QUELLA LETTERA?!
BE', ANCHE...
...MA HO PENSATO CHE SE NON FOSSI VENUTO...
...QUESTA STORIA NON SAREBBE MAI FINITA.
VISTO CHE È UN GIORNO INFRASETTIMANALE, NON CREDEVO D'INCONTRARTI...
...E POI SEI ARRIVATO.
PERÒ...
NON È FINITO NIENTE.

DOPO CHE MI SARÒ DIPLOMATO...
...PENSAVO DI TORNARE QUI A FREQUENTARE L'UNIVERSITÀ.
CHE DICI...
...POSSO FARLO?
ASPETTERÒ...
...CON IMPAZIENZA CHE ARRIVI QUEL GIORNO.

BE'...
ABBIAMO TERMINATO IL NOSTRO TOUR IN UN MODO UN PO' INASPETTATO.
HAI RAGIONE.
LA PROSSIMA VOLTA...
...SARÒ IO A SCEGLIERE, OK?
L'ULTIMA SCENA DI QUEL FILM...
...ERA AL MARE.
SÌ.
MA DOPO I TITOLI DI CODA...

OGGI...
...STARAI CON ME FINO A QUANDO NON SARÀ ARRIVATA L'ORA DI TORNARE A CASA?
OVVIO!
ANZI, NON TI LASCERÒ ANDARE A CASA FINO ALL'ULTIMO!
AH AH!
...LA STORIA CONTINUAVA...
YOU ARE IN THE BLUE SUMMER - FINE

You are
in the
blue summer

Nagisa Furuya

You are in the blue summer

INSIEME A TE, DOPO L'ESTATE
FINE ANNO?
SÌ.
PENSAVO DI FARE UN SALTO LÌ PER LA FINE DELL'ANNO.
HAI UN GIORNO LIBERO?
SE LO DICO CON ANTICIPO NON C'È NESSUN PROBLEMA!
EVVIVA!
CERTO!
PIÙ O MENO QUANDO PENSI DI VENIRE?
SUBITO DOPO NATALE.
IN GIORNATA?
SÌ, CREDO PROPRIO DI SÌ.
VISTO CHE AFFRONTI IL VIAGGIO, POTRESTI RIMANERE ALMENO DUE O TRE GIORNI!
SÌ, HAI RAGIONE...
CHISSÀ SE RIESCO A PRENOTARE DA QUALCHE PARTE...
A FINE ANNO È SEMPRE UN PROBLEMA...

...
POTRESTI...
...FERMARTI DA ME.
...
EH...?
COSA?

PLAZA
MIDORI NO
YAESU CENTRAL GATE
AH!
ECCOTI!
SCUSA!
MI DISPIACE, HO FATTO TARDI!
ALLA STAZIONE VICINO CASA IL TRENO È PARTITO IN RITARDO...
E IO CHE PENSAVO DI ARRIVARE CON LARGO ANTICIPO!
NESSUN PROBLEMA.
E POI NON HO ASPETTATO COSÌ TANTO.
NON HAI BAGAGLI?
LI HO LASCIATI IN UN ARMADIETTO QUI ALLA STAZIONE.

WATARU.
CHE CALDO!
NE È PASSATO DI TEMPO, EH!
GIÀ.
UH...
D-DAVVERO...
EHM...
HAI PRANZATO?
IO HO UNA FAME!
NON ANCORA.
ANDIAMO DA QUALCHE PARTE?
SÌ, DI SOTTO!
ALLA CENA CI PENSERÀ MIA MADRE.
A PROPOSITO...
SEI DAVVERO SICURO?
CIOÈ, NON È CHE RIMANENDO OSPITE DUE NOTTI CREERÒ PROBLEMI A TUA MADRE? AVRÀ SICURAMENTE DA FARE IN QUESTO PERIODO DELL'ANNO!

NESSUN PROBLEMA! HA DETTO CHE CHIUNQUE È SEMPRE IL BENVENUTO!
E POI A CASA MIA FACCIAMO LE GRANDI PULIZIE DI FINE ANNO AD ANNO GIÀ INIZIATO!
AH... CAPISCO...
CIOÈ, TU SARESTI IL BENVENUTO COMUNQUE.
EH?
BE'... FORSE SONO UN PO' CASINISTI...
...?
PIACERE, SAEKI.
RIMARRÒ QUI PER I PROSSIMI DUE GIORNI.
GRAZIE PER L'OSPITALITÀ.

SEI IL BENVENUTO!
IO SONO LA MAMMA DI WATARU.
IO SONO YUI, SUA SORELLA MAGGIORE.
ACCOMODATI, FAI COME SE FOSSI A CASA TUA.
GRAZIE MILLE.
PERMESSO...
EHM...
NON È NIENTE DI CHE, MA SPERO CHE SIA DI VOSTRO GRADIMENTO.
OH! GRAZIE!
È IL MIO PREFERITO!
QUANT'È BELLO!
ED È ANCHE EDUCATO.
GIÀ, È PROPRIO UN BEL RAGAZZO.
...
WOW... NON CI POSSO CREDERE... UN SIMILE BELLOCCIO A CASA NOSTRA!
NON POSSO DI CERTO FARGLI MANGIARE QUELLO CHE CAPITA!
MAMMA, VUOI CHE TI DIA UNA MANO?

AVEVO DETTO CHE SAREBBE VENUTO UN BEL RAGAZZO A TROVARMI.
VISTO?
TAA
AH AH...
TAA
TAA
SBAM
METTI LA BORSA DOVE VUOI.
THUMP
OK.
SEI UN PO' TESO O SBAGLIO?
EH?

BE'...
È LA PRIMA VOLTA CHE VENGO A CASA TUA E CHE VEDO LA TUA FAMIGLIA.
È NORMALE...
AH AH
GUARDA CHE È COME ANDARE A CASA DI UN AMICO.
NON DEVI PREOCCUPARTI SE RESTI A DORMIRE.
SEI TROPPO SERIO!
GNIK
LO SAI CHE IO LA PENSO DIVERSAMENTE.
BE'...
DAI...
ADESSO VIENI A SEDERTI QUI.
PAT
PAT
...

ECCO...
MMH?
A QUANTO PARE PER TE È TUTTO NORMALE...
UN PO' MI DISPIA-CE...
EH?

FWUMP
AH...
EH...?

EHI!
CHE TI PRENDE COSÌ ALL'IMPROV...
...VIS...
EH?!
EHI!
CHE...?!
GNIK
SAEKI!
FERMO!
EHI!
TI HO DETTO DI FERMARTI!
ASPETTA, ASPETTA!
...
ASP...?

NO... È CHE...
PFFT
AH AH AH AH
ERI COSÌ AGITATO...!
...
CHE HAI DA RIDERE...?
SCHERZETTO! SCUSA!
NON VOLEVO FARTI NIENTE!
...
ACCIDENTI A TE!
TI HO DETTO CHE NON SONO ABITUATO A CERTE COSE!
E TU PERÒ MI HAI SPINTO SUL LETTO COME SE NIENTE FOSSE, BRUTTO PLAYBOY!
MI FAI MALE!
SCRIK SCRIK SCRIK SCRIK SCRIK SCRIK SCRIK
NO, NON È CHE IO CI SIA ABITUATO...
NON DIRE BUGIE! LO SO CHE ALLE MEDIE CAMBIAVI UNA RAGAZZA AL GIORNO!
EH?! MA QUESTI SONO PREGIUDIZI BELLI E BUONI!
BE', SONO STATO CON PARECCHIE RAGAZZE, QUELLO È VERO...
E NON È UGUALE?!
ALLORA?!

PERÒ...
...NON È CHE CI SONO STATO COSÌ TANTO PER FARE...
DICIAMO CHE ALLA FINE NESSUNA DI LORO RIUSCIVA A PIACERMI VERAMENTE...
SÌ, PERCHÉ IN REALTÀ...
IN REAL-TÀ...?
BLINK
じ
VUOI SAPER-LO?
COSÌ MI FAI INCU-RIOSIRE, NO?
...
AH...
NO, NIENTE.
COS'È, NON ME NE PUOI PARLARE?
NO, NON È COSÌ.
E ALLORA COSA?

COME POTREI DIRE, VEDIAMO...
CIÒ CHE È ACCADUTO QUEL GIORNO, QUANDO AVEVO DIECI ANNI...
...È RIMASTO PROFONDAMENTE IMPRESSO DENTRO DI ME...
...COME UN ALBERO CHE METTE LE RADICI NELLA TERRA...
INCONSCIAMENTE...
...PENSO DI AVER PROVATO A CAMBIARE CIÒ CHE RITENEVO "SPECIALE".
PERÒ, ALLA FINE...
...SOLO TU, WATARU...
...SEI RIUSCITO A ESSERLO.

...
NON PENSAVO CHE SAREI STATO IO IL PROTAGONISTA DI QUESTO DISCORSO...
...
ORA CHE SIAMO QUI...
...DATO CHE SONO GIÀ ABBASTANZA IMBARAZZATO, TE LO DICO...
EH?
DI CHE PARLI?
...MA QUELLA VOLTA AL NEGOZIO DI CD QUANDO MI SONO SCONTRATO CON TE...
BE'...
NON È STATO PER CASO.
EH...?
...

COSA DICI?!
EH?!
EEEH?!
QUINDI NON È STATO PER CASO?!
CIOE; IL FATTO CHE MI SIA SCONTRATO CON TE È STATO CAUSALE...
COSA VORRESTI DIRE?!
IN REALTÀ...
...GIÀ QUALCHE GIORNO PRIMA DELLA CERIMONIA D'AMMISSIONE TI AVEVO NOTATO...
E QUINDI...
...VOLEVO UN ESPEDIENTE PER ATTACCARE BOTTONE...
ERO SICURO CHE NON SAPEVI CHI ERO...
ERAVAMO IN CLASSI DIVERSE E NON AVEVAMO MODO DI PARLARE...
CERCAVO UNA MOSSA ASTUTA PER POTERCI RIUSCIRE...
UN GIORNO, DOPO LA SCUOLA, TI HO VISTO ENTRARE IN QUEL NEGOZIO...
...MENTRE STAVO ANDANDO NELLA LIBRERIA LÌ ACCANTO.

STAVI GUARDANDO CON MOLTO INTERESSE I FILM IN DVD...
E HO PENSATO CHE QUELLA...
...FOSSE L'OCCASIONE GIUSTA.
...
SUL SERIO?
IO QUELLA VOLTA HO PENSATO CHE MI VOLESSI RIMORCHIARE!
E INFATTI NON MI SBAGLIAVO!
GIÀ...
NON POSSO NEGARLO...
AH... SIAMO IN PIENO INVERNO...
...MA MI È VENUTO UN GRAN CALDO...!
FLAP ばさ
FLAP ばさ

GIÀ... SEI CALDISSIMO.
E DI CHI CREDI CHE SIA LA COLPA?
GNIK
ギッ
GIÀ.

È TUTTA COLPA MIA.
EH EH!
GUARDA...
...CHE FACCIA CONTENTA...
BE', NON SONO CERTO...

INSIEME A TE, DOPO L'ESTATE - FINE

TU E TU
CERIMONIA D'AMMISSIONE
入学式
DAI, FACCIAMOCI UNA FOTO!
CHE MANGIAMO A PRANZO?

AH!
ECCO GUCCHI!
OH! FINAL-MENTE TI HO TRO-VATO!
FACCIA-MOCI UNA FOTO!
AH AH AH
ANCH'IO!
COMUN-QUE...
DEVO ANCORA ABITUARMI A QUESTA GIACCA!
ANCHE LORO SONO NUOVI...
...
NON SO...
...MA È COME...
...SE GLI SOMI-GLIASSE...

CHIHARU!
ANDIAMO!
SÌ.
OK.
FORSE...
...È SOLO UNA MIA IMPRESSIONE...
HAI VISTO QUEL TIZIO CHE È APPENA PASSATO? È UN GRAN FIGO E SUA MADRE È UNO SCHIANTO!
EH? DAVVERO?
NON LI HO VISTI...
IL DNA È QUALCOSA DI VERAMENTE CRUDELE!
MI DISPIACE... DA UN ROSPO NON PUÒ CHE NASCERE UN ALTRO ROSPO!
MADRE DI SEKIUCHI

OH!
SAEKI!
SUDO.
NON CI VEDIAMO DALLA CERIMONIA DI DIPLOMA.
SONO CONTENTA, NON CI SONO TANTI STUDENTI DELLA NOSTRA SCUOLA MEDIA QUI.
AH AH!
TI CAPISCO!
COME TI SENTI? TI STAI ABITUANDO?
BE', ABBASTANZA.
E TU?
SÌ, ANCH'IO.
A PROPOSITO...
...HAI GIÀ RICEVUTO QUALCHE DICHIARAZIONE?
EH?!
CHE DICI?!
SONO PASSATI SOLO CINQUE GIORNI!
DALLA CERIMONIA D'AMMISSIONE, INTENDO!
AH AH AH!
VEDRAI CHE TRA POCO INIZIERANNO!
BE', NON DIREI...
E ANCHE SE ACCADESSE, NON CREDO CHE ANDREBBE COME IN PASSATO...

EH? CHE VORRESTI DIRE?
TU, CHE FINORA NON HAI RESPINTO NESSUNA RAGAZZA...!
...
VOLEVO DIRE CHE...
NO, È CHE PENSO DI ANDARCI PIÙ CON I PIEDI DI PIOMBO.
AH... È STATA DURA MOLLARE SHIRAISHI, EH?
NON C'È BISOGNO DI ANDARE A RIVANGARE CERTE COSE.
BE', CORAGGIO!
IL NOSTRO PROGRAMMA DI STUDIO È DIVERSO E QUINDI NON CREDO CI VEDREMO SPESSO...
...MA TU COMUNQUE STAMMI BENE!
GRAZIE.
NON HO RESPINTO NESSUNA RAGAZZA, EH...
LE RAGAZZE CON CUI SONO STATO FINORA...
...ERANO TUTTE BRAVE E MOLTO CARINE...
MI PIACEVANO UN SACCO...
...E HO SEMPRE PENSATO CHE FOSSERO IMPORTANTI...

...MA QUALCOSA NEL PROFONDO DEL MIO CUORE...
...MI DICEVA...
..."NO, NON È QUELLA GIUSTA!"
SAEKI.
OTTIMO TEMPISMO.
POTRESTI METTERMI SULLA CATTEDRA QUESTI FOGLI CHE DOPO DOVRÒ DISTRIBUIRE?
CERTAMENTE.
GRAZIE.
SHAAA
OGGI C'È PARECCHIO VENTO.
!
VYUUUN

FLAP
ACC...
LA FINE-STRA ERA APERTA?
DOVREBBE ESSERE CHIUSA!
EHM... QUESTI...
SONO VOLATI ANCHE LAG-GIÙ:
AH...

EH?
È COME...
GRAZIE...
...SE QUESTA SENSAZIONE...
EHI!
CHE SUCCEDE, WATARU?
SCUSA! ERANO VOLATE DELLE FOTOCOPIE...
EH? AH, OK.
WATARU...

"WATARU."

ACCI-
DENTI...
MI VIENE
DA GUAR-
DARLO...
NON CI
POSSO CRE-
DERE... STO
FISSANDO
UN ALTRO
RAGAZZO...
NON
CREDEVO...
...CHE
LO AVREI
RIVISTO.
QUELLO...
E` JET
DI BLACK
FLASH?
FORSE GLI
PIACE?

NON C'È BISOGNO...
...CHE SI RICORDI DI ME.
VORREI SOLTANTO...
...PARLARGLI.
THUNK
AH!
TI CHIEDO SCUSA! STAVO CAMMINANDO SENZA GUARDARE E...
NO...
È COLPA MIA.

ECCO.
GRAZIE.
TI PIACCIONO I FILM?
TU E TU - FINE

You are in the blue summer

You are in the blue summer

★ COME LEGGERE UN MANGA ★

Quello che vi apprestate a leggere è un **manga**, ovvero un fumetto giapponese. La parola 'manga' significa 'immagini in movimento' e da molti decenni è il termine giapponese che contraddistingue questo tipo di produzione. L'unica differenza tra un fumetto occidentale e uno giapponese è che quest'ultimo si legge... a rovescio! Ovviamente, detta così, la cosa risulta alquanto strana; in realtà si tratta esclusivamente di un fatto legato alla cultura e alla tradizione nipponica che è rimasto fino a oggi inalterato. Nel Paese del Sol Levante, infatti, la scrittura procede **da destra verso sinistra** per cui i libri, i quotidiani e le riviste pubblicate si leggono in questo senso: osservando la copertina di una pubblicazione nipponica, infatti, ci si trova con la rilegatura sulla destra e le pagine 'libere' a sinistra.
La stessa cosa avviene per i fumetti.
Niente panico, quindi! Il senso di lettura non è né stravolto, né incomprensibile: le vignette si leggono **da destra verso sinistra**, proprio come se aveste aperto l'albo davanti a uno specchio. E quando passate alla fila di vignette inferiore, riprendete **da destra a sinistra**; poi di nuovo giù; e ancora **da destra a sinistra**. Se siete ancora indecisi, aprite davvero l'albo davanti a uno specchio e osservate lo scorrimento delle vignette come se aveste davanti un fumetto normale: capirete il meccanismo di lettura con una facilità impressionante. E quando leggete, ricordatevi che anche i balloon (le chiacchiere dei personaggi, insomma) vanno letti **da destra a sinistra**!
Buon divertimento, quindi, con i manga delle Edizioni Star Comics!

APERTURA ALLA OCCIDENTALE | **APERTURA ALLA GIAPPONESE**

LETTURA ALLA OCCIDENTALE | **LETTURA ALLA GIAPPONESE**

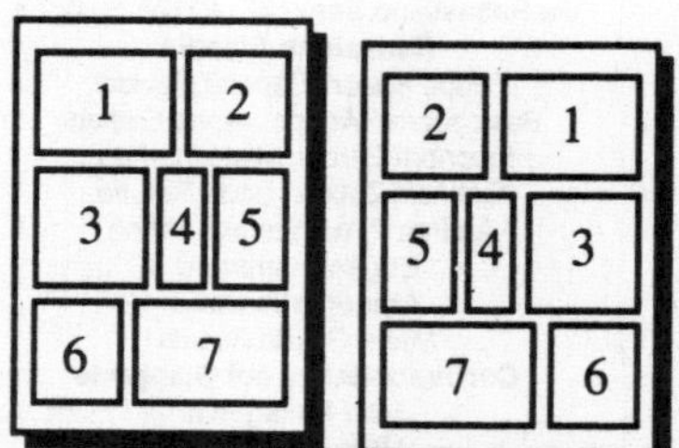

LETTURA ALLA OCCIDENTALE DEI BALOON | **LETTURA ALLA GIAPPONESE DEI BALOON**

DA DESTRA A SINISTRA

You are in the blue summer

QUEER
Pubblicazione mensile - Anno II
Numero 5 - febbraio 2021

Pubblicazione a cura di
BLUE FACTORY Srl
Via Sebastiano Serlio 35, 40128 Bologna
Direttore generale
Giovanni Bovini
Amministratore delegato
Simone Bovini
Direttore responsabile ed editoriale
Claudia Bovini
Publishing manager
Cristian Posocco
Curatrice di testata
Claudia Calzuola
Supervisione
Filippo Sandri
Ufficio grafico
Alcadia Snc
Via Sebastiano Serlio 35, 40128 Bologna
Redazione Alcadia
Filippo Sandri, Sabrina Daviddi,
Baldassarre Minopoli, Anna Giuliani,
Eleonora Baroni, Mariolina Ferri,
Gabriele Zobele, Silvia Peruffo,
Andrea Piras, Stefano Tonon,
Eugenia Guerrero
Amministrazione
Maria Grazia Acacia
Corrispondenza col Giappone
Mari Nakagawa
Ufficio stampa
Chiara Pancrazi

Traduzioni
Alice Settembrini (Newtype K.K.)
Adattamento testi
Cristina Riminucci
Adattamento grafico
Antonio Lo Muzio
Lettering
Federica Bellinato
Editore
EDIZIONI STAR COMICS Srl
Strada Selvette 1bis/1, 06134 Bosco (PG)
www.starcomics.com - info@starcomics.com
Per richiedere i numeri arretrati
www.starcomics.com
www.starshop.it
Per la pubblicità su questo albo
Edizioni Star Comics Srl
Tel. 075 5918353
ufficiostampa@starcomics.com
Stampa e fotocomposizione
Grafiche Bovini - Bosco (PG)
Distributore esclusivo per le fumetterie
Star Shop Distribuzione Srl
Via del Piombo 30, 06134 P.te Felcino (PG)
Tel. 075 6919931/865 - Fax 075 6910652
www.starshop.it
Distributore esclusivo per le librerie
A.L.I. srl
Via Milano 73/75, 20010 Cornaredo (MI)
Tel. 02 99762430-1-2 - Fax 02 36548188
infoali@alilibri.it - www.alilibri.it